Eine schöne Bescherung

Eine schöne Bescherung

Heitere Weihnachtsgeschichten

benno
VERLAG

Bibliografische Information Der Deutschen Bibliothek
Die Deutsche Bibliothek verzeichnet diese Publikation
in der Deutschen Nationalbibliografie; detaillierte
bibliografische Daten sind im Internet über
http://dnb.ddb.de abrufbar.

ISBN 3-7462-1651-6
© St. Benno Verlag GmbH
04159 Leipzig, Stammerstr. 11
www.st-benno.de
1. Auflage 2003
Zusammengestellt: Volker Bauch, Leipzig
Umschlaggestaltung: Ulrike Vetter, Leipzig, unter
Verwendung eines Bildes von Gabine Heinze, Leipzig
Gesamtherstellung: Kontext, Lemsel

INHALT

DER WEIHNACHTSMANN IN DER LUMPENKISTE
Erwin Strittmatter

In meiner Heimat gingen am Andreastage, dem 30. November, die Ruprechte von Haus zu Haus. Die Ruprechte, das waren die Burschen des Dorfes, in Verkleidungen, wie sie die Bodenkammern und die Truhen der Altenteiler, der Großeltern, hergaben. Die rüden Burschen hatten bei diesen Dorfrundgängen nicht den Ehrgeiz, friedfertige Weihnachtsmänner zu sein. Sie drangen in die Häuser wie eine Räuberhorde, schlugen mit Birkenruten um sich, warfen Äpfel und Nüsse, auch Backobst in die Stuben und brummten wie alte Bären: »Können die Kinder beten?«

Die Kinder beteten, sie beteten vor Furcht kunterbunt: »Müde bin ich, geh zur Ruh ... Komm, Herr Jesu, sei unser Gast ... Der Mai ist gekommen ...« Lange Zeit glaubte ich, dass das Eigenschaftswort »ruppig« von Ruprecht abgeleitet wäre.

Wenn die Ruprechthorde die kleine Dorfschneiderstube meiner Mutter verließ, roch es in ihr noch lange nach verstockten Kleidungsstücken, nach Mottenpulver und reifen Äpfeln. Meine kleine Schwester und ich waren vor Furcht unter den großen Schneidertisch gekrochen. Die Tischplatte schien uns ein besserer Schutz als unsere Gebetchen zu sein, und wir wagten lange nicht hervorzukommen, noch weniger das Dörrobst und die Nüsse anzurühren.

Diese Verängstigung konnte wohl auch unsere Mutter nicht mehr mit ansehen, denn sie bestellte im nächsten Jahr die Ruprechte ab. Oh, was hatten wir für eine mächtige Mutter! Sie konnte die Ruprechte abbestellen und dafür das Christkind einladen.

Jahrsdrauf erschien bei uns also das Christkind, um die Ruppigkeit der Ruprechte auszutilgen. Das Christkind trug ein weißes Tüllkleid und ging in Ermangelung von heiligweißen Strümpfen – es war im Ersten Weltkrieg – barfuß in weißen Brautschuhen. Sein Gesicht war von einem großen Strohhut überschattet, dessen breite Krempe mit Wachswatte-Kirschen garniert war. Vom Rande der Krempe fiel dem Christkind ein weißer Tüllschleier übers Gesicht. Das HOLDE HIMMELSKIND sprach mit piepsiger Stimme und streichelte uns sogar mit seinen Brauthandschuhhänden. Als wir unsere Gebete abgerasselt hatten, wurden wir mit gelben Äpfeln beschenkt. Sie glichen den Goldparmänen, die wir als Wintervorrat auf dem Boden in einer Strohschütte liegen hatten. Das sollten Himmelsäpfel sein? Wir bedankten uns trotzdem artig mit DIENER und KNICKS, und das Christkind stakte gravitätisch auf seinen nackten Heiligenbeinen in Brautstöckelschuhen davon.

Meine Mutter war zufrieden. »Habt ihr gesehn, wie's Christkind aussah?«

»Ja«, sagte ich, »wie Buliks Alma, wenn sie hinter einer Gardine hervorlugt.«

Buliks Alma war die etwa vierzehnjährige Tochter aus dem Nachbarhause. An diesem Abend sprachen wir nicht mehr über das Christkind.

Vielleicht kam die Mutter wirklich nicht ohne den Weihnachtsmann aus, wenn sie sich tagsüber die nötige Ruhe in der Schneiderstube erhalten wollte. Jedenfalls erzählte sie uns nach dem missglückten Christkindbesuch, der Weihnachtsmann habe nunmehr seine Werkstatt über dem Bodenzimmer unter dem Dach eingerichtet. Das war eine dunkle, geheimnisvolle Ecke des Häuschens, in der wir noch nie gewesen waren. Eine Treppe führte nicht unter das Dach. Eine Leiter war nicht vorhanden. Die Mutter wusste geheimnisvoll zu berichten, wie sehr der Weihnachtsmann dort oben nachts, wenn wir schliefen, arbeitete, sodass uns das Herumtollen und Plappern vergingen, weil sich der Weihnachtsmann bei Tage ausruhen und schlafen musste.

Eines Abends vor dem Schlafengehn hörten wir den Weihnachtsmann auch wirklich in seiner Werkstatt scharwerken, und die Mutter war sicher dankbar gegen den Wind, der ihr beim Märchenmachen half.

»Soll der Weihnachtsmann Tag für Tag schlafen und Nacht für Nacht arbeiten, ohne zu essen?« Diese Frage stellte ich hartnäckig.

»Wenn ihr artig seid, isst er vielleicht einen Teller Mittagessen von euch«, entschied die Mutter.

Also erhielt der Weihnachtsmann am nächsten Tage einen Teller Mittagessen. Mutter riet uns, den Teller an der Tür des Bodenstübchens abzustellen. Ich gab meinen Patenlöffel dazu. Sollte der Weihnachtsmann mit den Fingern essen?

Bald hörten wir unten in der Schneiderstube, wie der Löffel im Teller klirrte. Oh, was hätten wir dafür gegeben, den Weihnachtsmann essen sehen zu dürfen! Allein, die gute Mutter warnte uns, den alten wunderlichen Mann zu vergrämen, und wir gehorchten.

Von nun an wurde der Weihnachtsmann täglich von uns beköstigt. Wir wunderten uns, dass Teller und Löffel, wenn wir sie am späten Nachmittag vom Boden holten, blink und blank waren, als wären sie durch den Abwasch gegangen. Der Weihnachtsmann war demnach ein reinlicher Gesell, und wir bemühten uns, ihm nachzueifern. Wir schabten und kratzten nach den Mahlzeiten unsere Teller aus, und dennoch waren sie nicht so sauber wie der Teller des HEILIGEN MANNES auf dem Dachboden.

Nach dem Mittagessen hatte ich als Ältester, um meine Mutter in der nähfädelreichen Vorweihnachtszeit zu entlasten, das wenige Geschirr zu spülen, und meine Schwester trocknete es ab. Da der Weihnachtsmann sein Essgeschirr in blitzblankem Zustande zurücklieferte, versuchte ich, ihm auch das Abwaschen unseres Mittagsgeschirrs zu übertragen. Es glückte. Ich ließ den Weihnachtsmann für mich abwaschen, und meine Schwester war nicht böse, wenn sie die zerbrechlichen Teller nicht abzutrocknen brauchte.

War's Forscherdrang, der mich zwackte, war's, um mich bei dem Alten auf dem Dachboden beliebt zu machen, ich begann ihm außerdem auf eigene Faust meine Aufwartungen zu machen.

Bald wusste ich, was ein Weihnachtsmann gern aß: Von einem Rest Frühstücksbrot, den ich ihm hinaufgetragen hatte, aß er nur die Margarine herunter. Der Großvater schenkte mir ein Zuckerstück, eine rare Sache in jener Zeit. Ich brachte das Naschwerk dem Weihnachtsmann. Er verschmähte es. Oder mochte er es nur nicht, weil ich es schon angeknabbert hatte? Auch einen Apfel ließ er liegen, aber eine Maus aß er. Dabei hatte ich ihm die tote Maus nur in der Hoffnung hingelegt, er würde sie wieder lebendig machen; hatte er nicht im Vorjahr einen neuen Schweif an mein altes Holzpferd wachsen lassen?

So, so, der Weihnachtsmann aß also Mäuse! Vielleicht würde er sich auch über Heringsköpfe freuen. Ich legte drei Heringsköpfe vor die Tür der Bodenstube, und da mein Großvater zu Besuch war, hatte ich sogar den Mut, mich hinter der Lumpenkiste zu verstecken, um den Weihnachtsmann bei seiner Heringskopfmahlzeit zu belauschen. Mein Herz pochte in den Ohren. Lange brauchte ich nicht zu warten, denn aus der Lumpenkiste sprang – mur, marau – unsere schwarzbunte Katze.

Ich schwieg über meine Entdeckung und ließ fortan meine Schwester den Teller Mittagessen allein auf den Boden bringen.

Bis zum Frühling bewahrte ich mein Geheimnis, aber als in der Lumpenkiste im Mai, da vor der Haustür der Birnbaum blühte, vier Kätzchen umherkrabbelten, teilte ich meiner Mutter dieses häusliche Ereignis so mit: »Mutter, Mutter, der Weihnachtsmann hat Junge!«

INTERVIEW MIT DEM WEIHNACHTSMANN

Eine vorweihnachtliche Betrachtung

Erich Kästner

*E*s hatte schon wieder geklingelt. Das neuntemal im Verlauf der letzten Stunde! Heute hatten, so schien es, die Liebhaber von Klingelknöpfen Ausgang. Mürrisch rollte ich mich türwärts und öffnete.

Wer, glauben Sie, stand draußen? Sankt Nikolaus persönlich! In seiner bekannten historischen Ausrüstung. »Oh«, sagte ich. »Der eilige Nikolaus!« »Der heilige, wenn ich bitten darf. Mit h!« Es klang ein wenig pikiert. »Als Junge habe ich Sie immer den eiligen Nikolaus genannt. Ich fand's plausibler.« »Sie waren das?« »Erinnern Sie sich denn noch daran?« »Natürlich! Ein kleiner hübscher Bengel waren Sie damals!«

»Klein bin ich immer noch.« »Und nun wohnen Sie also hier.« »Ganz recht.« Wir lächelten resigniert und dachten an vergangene Zeiten.

»Bleiben Sie doch ein bißchen!«, bat ich. »Trinken Sie noch eine Tasse Kaffee mit mir!« Er tat mir, offen gestanden, leid.

Was soll ich Ihnen sagen? Er blieb. Er ließ sich herbei. Erst putzte er sich am Türvorleger die Stiefel sauber, dann stellte er den Sack neben die Garderobe, hängte die Rute an einen Haken, und schießlich trank er mit mir in der Wohnstube Kaffee.

»Zigarre gefällig?« »Das schlag ich nicht ab.« Ich holte die Kiste. Er bediente sich. Ich gab ihm Feuer. Dann zog er sich mit Hilfe des linken den rechten Stiefel aus und atmete erleichtert auf. »Es ist wegen der Plattfußeinlage. Sie drückt niederträchtig.« »Sie Ärmster! Bei Ihrem Beruf!« »Es gibt weniger Arbeit als früher. Das kommt meinen Füßen zupaß. Die falschen Nikoläuse schießen wie Pilze aus dem Boden.«

»Eines Tages werden die Kinder glauben, daß es Sie, den echten, überhaupt nicht mehr gibt.« »Auch wahr! Die Kerls schädigen meinen Beruf! Die meisten von denen, die sich einen Pelz anziehen, einen Bart umhängen und mich kopieren, haben nicht das mindeste Talent! Es sind Stümper!« »Weil wir gerade von Ihrem Beruf sprechen«, sagte ich, »hätte ich eine Frage an Sie, die mich schon seit meiner Kindheit beschäftigt. Damals traute ich mich nicht. Heute schon eher. Denn ich bin Journalist geworden.« »Macht nichts«, meinte er und goß sich

Kaffee zu. »Was wollen Sie seit Ihrer Kindheit von mir wissen?« »Also«, begann ich zögernd, »bei Ihrem Beruf handelt es sich doch eigentlich um eine Art ambulanten Saisongewerbes, nicht? Im Dezember haben Sie eine Menge Arbeit. Es drängt sich alles auf ein paar Wochen zusammen. Man könnte von einem Stoßgeschäft reden. Und nun ... « »Hm?« »Und nun wüßte ich brennend gern, was Sie im übrigen Jahr tun!«

Der gute alte Nikolaus sah mich einigermaßen verdutzt an. Es machte fast den Eindruck, als habe ihm noch niemand die so naheliegende Frage gestellt. »Wenn Sie sich nicht darüber äußern wollen ...« »Doch, doch«, brummte er. »Warum denn nicht?« Er trank einen Schluck Kaffee und paffte einen Rauchring. »Der November ist natürlich mit der Materialbeschaffung mehr als ausgefüllt. In manchen Ländern gibt's plötzlich keine Schokolade. Niemand weiß wieso. Oder die Äpfel werden von den Bauern zurückgehalten. Und dann das Theater an den Zollgrenzen. Und die vielen Transportpapiere. Wenn das so weitergeht, muß ich nächstens den Oktober noch dazunehmen. Bis jetzt benutze ich den Oktober eigentlich dazu, mir in stiller Zurückgezogenheit den Bart wachsen zu lassen.«

»Sie tragen den Bart nur im Winter?« »Selbstverständlich. Ich kann doch nicht das ganze Jahr als Weihnachtsmann herumrennen. Dachten Sie, ich behielte auch den Pelz an? Und schleppte 365 Tage den Sack und die Rute durch die Gegend? Na also. – Im Januar mache ich dann die Bilanz. Es ist schrecklich. Weihnachten wird von Jahrhundert zu Jahrhundert teurer!« »Versteht sich.« »Dann lese ich die Dezemberpost. Vor allem die Kinderbriefe. Es hält kolossal auf, ist aber nötig. Sonst verliert man den Kontakt mit der Kundschaft.« »Klar.« »Anfang Februar lasse ich mir den Bart abnehmen.«

In diesem Moment läutete es wieder an der Flurtür. »Entschuldigen Sie mich, bitte?« Er nickte. Draußen vor der Tür stand ein Hausierer mit schreiend bunten Ansichtskarten und erzählte mir eine sehr lange und sehr traurige Geschichte, deren ersten Teil ich mir tapfer und mit zusammen-»gebissenen« Ohren anhörte. Dann gab ich ihm das Kleingeld, das ich lose bei mir trug, und wir wünschten einander auch weiterhin alles Gute. Obwohl ich mich standhaft weigerte, drängte er mir als Gegengeschenk ein halbes Dutzend der schrecklichen Karten auf. Er sei, sagte er, schließlich kein Bettler. Ich achtete seinen schönen Stolz und gab nach. Endlich ging er.

Als ich ins Wohnzimmer zurückkam, zog Nikolaus gerade ächzend den rechten Stiefel an. »Ich muß weiter«, meinte er, »es hilft nichts. Was haben Sie denn da in der Hand?« »Postkarten. Ein Hausierer zwang sie mir auf.« »Geben Sie her. Ich weiß Abnehmer. Besten Dank für Ihre Gastfreundschaft. Wenn ich nicht der Weihnachtsmann wäre, könnte ich Sie beneiden.«

Wir gingen in den Flur, wo er seine Utensilien aufnahm. »Schade«, sagte ich. »Sie sind mir noch einen Teil Ihres Jahreslaufs schuldig.« Er zuckte die Achseln. »Viel ist im Grunde nicht zu erzählen. Im Februar kümmere ich mich um den Kinderfasching. Später ziehe ich auf Frühjahrsmärkten umher. Mit Luftballons und billigem mechanischen Spielzeug. Im Sommer bin ich Bademeister und gebe Schwimmunterricht. Manchmal verkaufe ich auch Eiswaffeln in den Straßen. Ja, und dann kommt schon wieder der Herbst – und nun muß ich wirklich gehen.«

Wir schüttelten uns die Hand. Ich sah ihm vom Fenster aus nach. Er stapfte mit großen, hastigen Schritten durch den Schnee. An der Ecke Ungerstraße wartete ein Mann auf ihn. Er sah wie der Hausierer aus, wie der redselige mit den blöden Ansichtskarten. Sie bogen gemeinsam um die Ecke. Oder hatte ich mich getäuscht? Eine Viertelstunde danach klingelte es schon wieder. Diesmal erschien der Laufbursche des Delikatessengeschäftes Zimmermann Söhne. Ein angenehmer Besuch! Ich wollte bezahlen, fand aber die Brieftasche nicht gleich. »Das hat ja Zeit, Herr Doktor«, meinte der Bote väterlich. »Ich möchte wetten, daß sie auf dem Schreibtisch gelegen hat!« sagte ich. »Nun gut, ich begleiche die Rechnung morgen. Aber warten Sie noch, ich bring' Ihnen eine gute Zigarre!« Die Kiste mit den Zigarren fand ich auch nicht gleich. Die Brieftasche auch nicht. Das silberne Zigarettenetui war auch nicht zu finden. Und die Manschettenknöpfe mit den großen Mondsteinen und die Frackperlen waren weder an ihrem Platz noch sonstwo. Jedenfalls nicht in meiner Wonung.

Ich konnte mir gar nicht erklären, wohin das alles geraten sein mochte. Es wurde trotzdem ein stiller hübscher Abend. Es klingelte niemand mehr. Wirklich, ein gelungener Abend. Nur irgend etwas fehlt mir. Aber was? Eine Zigarre? Natürlich! Glücklicherweise war das goldene Feuerzeug auch nicht mehr da. Denn das muß ich, obwohl ich ein ruhiger Mensch bin, bekennen: Feuer zu haben, aber nichts zum Rauchen im Haus, das könnte mir den ganzen Abend verderben!

MÄRCHEN VOM AUSZUG ALLER »AUSLÄNDER«
Helmut Wöllenstein

*E*s war einmal, etwa drei Tage vor Weihnachten, spät abends. Über den Marktplatz der kleinen Stadt kamen ein paar Männer gezogen. Sie blieben an der Kirche stehen und sprühten auf die Mauer »Ausländer raus« und »Deutschland den Deutschen«. Steine flogen in das Fenster des türkischen Ladens gegenüber der Kirche. Dann zog die Horde ab. Gespenstische Ruhe. Die Gardinen an den Bürgerhäusern waren schnell wieder zugefallen. Niemand hatte etwas gesehen. »Los, kommt, es riecht, wir gehen.« »Wo denkst du hin! Was sollen wir denn da unten im Süden?« »Da unten? Das ist doch immerhin unsere Heimat. Hier wird es immer schlimmer. Wir tun, was an der Wand steht: ›Ausländer raus!‹«

Tatsächlich, mitten in der Nacht kam Bewegung in die kleine Stadt. Die Türen der Geschäfte sprangen auf: Zuerst kamen die Kakaopäckchen, die Schokoladen und Pralinen in ihren Weihnachtsverpackungen. Sie wollten nach Ghana und Westafrika, denn da waren sie zu Hause. Dann der Kaffee, palettenweise, der Deutschen Lieblingsgetränk; Uganda, Kenia und Lateinamerika waren seine Heimat. Ananas und Bananen räumten ihre Kisten, auch die Trauben und Erdbeeren aus Südafrika. Fast alle Weihnachtsleckereien brachen auf, Pfeffernüsse, Spekulatius und Zimtsterne, die Gewürze in ihrem Inneren zog es nach Indien. Der Dresdner Christstollen zögerte. Man sah Tränen in seinen Rosinenaugen, als er zugab: Mischlingen wir mir geht's besonders an den Kragen. Mit ihm kamen das Lübecker Marzipan und der Nürnberger Lebkuchen.

Nicht Qualität, nur Herkunft zählte jetzt. Es war schon in der Morgendämmerung, als die Schnittblumen nach Kolumbien aufbrachen und die Pelzmäntel mit Gold und Edelsteinen in teuren Chartermaschinen in alle Welt starteten. Der Verkehr brach an diesem Tag zusammen. Lange Schlangen japanischer Autos, vollgestopft mit Optik und Unterhaltungselektronik, krochen gen Osten. Am Himmel sah man die Weihnachtsgänse nach Polen fliegen, auf ihrer Bahn gefolgt von den feinen Seidenhemden und Teppichen des fernen Asiens.

Mit Krachen lösten sich die tropischen Hölzer aus den Fensterrahmen und schwirrten ins Amazonasbecken. Man musste sich vorsehen, um nicht auszurutschen, denn von überall her quoll Öl und Benzin hervor, floss in Rinnsalen und Bächen zusammen in Richtung Naher Osten. Aber man hatte ja Vorsorge getroffen. Stolz holten die großen deutschen Autofirmen ihre Krisenpläne aus den Schubladen: Der Holzvergaser war ganz neu aufgelegt worden. Wozu ausländisches Öl? – Aber die VW's und die BMW's begannen sich aufzulösen in ihre Einzelteile, das Aluminium wanderte nach Jamaica, das Kupfer nach Somalia, ein Drittel der Eisenteile nach Brasilien, der Naturkautschuk nach Zaire. Und die Straßendecke hatte mit dem ausländischen Asphalt im Verbund auch immer ein besseres Bild abgegeben als heute.

Nach drei Tagen war der Spuk vorbei, der Auszug geschafft, gerade rechtzeitig zum Weihnachtsfest. Nichts Ausländisches war mehr im Land.

Aber Tannenbäume gab es noch, auch Äpfel und Nüsse. Und »Stille Nacht« durfte gesungen werden – zwar nur mit Extragenehmigung, das Lied kam immerhin aus Österreich.

Nur eines wollte nicht ins Bild passen. Maria und Josef und das Kind waren geblieben. Drei

Juden. Ausgerechnet. »Wir bleiben«, sagte Maria, »wenn wir aus diesem Land gehen – wer will ihnen dann noch den Weg zurück zeigen, den Weg zurück zur Vernunft und zur Menschlichkeit?«

KLEINER KURSUS IN WEIHNACHTSSPRÜCHEN

Erich Kästner

I. Für Anfänger

Ich bin ganz klein
und kann Euch gar nichts schenken.
Doch wenn ich groß bin,
schenk ich Euch ein Haus.
Ein schönes Haus,
das könnt Ihr Euch ja denken.
Mit einem Garten und mit grünen Bänken.
Lacht mich nicht aus!

Und in dem Haus sind viele, viele Räume.
Dort stehn zum Weihnachtsfest,
im Glanz des Lichts,
zweihundertneunundsiebzig Tannenbäume!
Ich bin noch klein
und schenk Euch meine Träume,
sonst nichts.

II. Für Fortgeschrittene

Nun habt Ihr mir so schön beschert.
Die Lichter brennen. Und ich denke:
Bin ich auch soviel Liebe wert?

Ich weiß, daß ich Euch manchmal kränke,
und manchmal habt Ihr Euch beschwert ...
Und nun gibt's überall Geschenke!

Daß ich Euch liebe, wißt Ihr zwar,
und manchmal spürt Ihr auch, – wie sehr.
Vergeßt, wenn es nicht stets so war!
Heut' ist der schönste Tag im Jahr,
und ich verspreche Euch daher:
Von nun an lieb ich Euch noch mehr!

Das ist die beste meiner Gaben,
die anderen sind schrecklich klein.
Der Tannenbaum, der Kerzenschein,
und was darunter liegt, ist mein.
Und Ihr sollt meine Liebe haben!
Wollt Ihr damit zufrieden sein?

III. Für besonders Faule
Der Weihnachtsmann hat viel gebracht.
Nun fängt man »Stille, heilige Nacht«
zu singen an.

Ich sagte gern ein Festgedicht, –
doch tu ich's nicht.
Warum? Ihr wisst es.
Ich bin zu faul dazu.
Das ist es ...

ORIGINAL DRESDNER CHRISTSTOLLE
Klaus Weyers

*W*ie der Name der sächsischen Backware besagt, sollte diese rosinendurchsetzte duftende Köstlichkeit zum Christfest unter dem Weihnachtsbaum liegen und dann in weihnachtlicher Fest- und Feierstimmung gegessen werden. Unsere heutigen Gebräuche sind da anders. Schon im Oktober stapelt sich die Christstolle in den Lebensmittelabteilungen der Warenhäuser zu fast schon bedrohlichen Türmen. Wir haben kein Gespür mehr für Jahreszeiten und Feierkreise im Laufe der Monate. Da kann man auch gleich Ostereier am Fest der Heiligen Drei Könige verkaufen und die Martinsgans zu Fasching in den Ofen schieben sowie den Weihnachtsmann am ersten Mai, dem internationalen Tag der Arbeit, auftreten lassen. Lassen wir dieses merkwürdige Kapitel unserer etwas durcheinandergeratenen Kulturgeschichte.

Wenden wir uns genau zum richtigen Termin, nämlich Weihnachten, dem Dresdner Edelgebäck zu, aber nicht ohne dabei ein wenig über dieses aufregende Fest der Geburt Christi nachzudenken. Mir fiel beim Nachdenken etwas auf: Wenn wir von Gott Vater den Auftrag erhalten hätten, die Welt wieder in Ordnung zu bringen, hätten wir es ganz anders angefangen. Bei einem solchen gewaltigen Unternehmen wie der Erlösung des kompletten Kosmos hätte sich unser Herr von einer Public-Relations-Agentur beraten lassen sollen. Es ahnt doch kein Mensch, dass in einem schiefen Bretterschuppen bei Betlehem irgendetwas Aufregendes passiert. Unser tapferer Kirchenchor singt in der Heiligen Nacht das Transeamus. Da hört die in Andacht lauschende Gemeinde, dass Jesus „in praesepio" gelegen habe, als die Hirten kamen: „positum in praesepio." So steht es beim Evangelisten Lukas. Das klingt friedlich, sehr lieblich und gut. Aber es ist keineswegs lieblich. Denn das lateinische Wort praesepe heißt auf Deutsch Bretterverschlag und hat dazu noch in seiner Originalsprache einen verächtlichen Beiklang. Es kann nämlich auch heißen: in liederlichen Häusern. Das hört sich überhaupt nicht gut an. Jesus ist nicht in einem gepflegten Rinderaufzuchtstall oder in einer hübschen Datsche geboren, sondern in einer zusammengeschusterten Bretterbude. Der griechische Originaltext des Neuen Testaments berichtet, Jesus habe in einer „Fatne" gelegen. Das ist laut griechischem Wörterbuch ein „ausgehöhlter hölzerner Trog mit Fächern, worin den Pferden und dem Rindvieh das Futter vorgesetzt wird".

Alles in allem war das Ganze eine Krisensituation härtesten Ausmaßes. Was der Heiligen Familie dort als Verpflegung zur Verfügung stand, wird nicht viel gewesen sein. Sicher ist eins: Dresdner Christstolle gab es nicht. Niemand kann vermuten, in einem solchen armseligen Bretterverschlag und in einer solchen notvollen Situation werde zwischen einem Ochsen und einem Esel Heilsgeschichte gemacht, Weltgeschichte vom Kopf auf die Füße gestellt und Friede in das Chaos unserer verdrehten Welt gebracht. Wer soll schon wissen können, dass Jesus Christus hinter den schiefen, ungestrichenen und in ungeölten Angeln schrecklich quietschenden Stalltüren seinen Weg zu uns, für uns und mit uns beginnt. Mit ein paar ganzseitigen Anzeigen in den großen Zeitungen der Welt wäre das ganz anders gelaufen. Ein paar dicke Sponsoren hätten sich engagiert und die Spende von der Steuer abgesetzt. Eine gezielte, gut vorbereitete Talk-Show, eine Web-Adresse: „www.krippe.holynight.de", und sofort hätte der

Informationsprozess in Sachen Welterlösung die wesentlichsten Kreise von Politik und Wirtschaft, die Chefetagen der Konzerne, die Parteibüros der Roten und Grünen und Andersfarbenen, die Tourismusindustrie und die Bischöflichen Ordinariate erreicht samt den Fachgeschäften für liturgische Gewandungen und Weihrauch. Doch das Fest der Geburt Christi findet nicht im virtuellen Raum des Internet statt. Die Geburt des Herrn geschieht nicht in den mehr oder weniger geschmackvollen Schaufenstern der großen Einkaufszentren.

Gott kommt immer von einer Seite, von der her wir es nicht vermuten oder erwarten. Glaube ist kein Artikel der Versandwarenhäuser. Hirten und Schafe, Könige und Kamele mussten sich erst einmal auf die Suche machen ohne die Hilfe von dicken Warenhauskatalogen. Ich denke mir, dass ich gerade zu Weihnachten meine Suchorgane besonders sensibel einzusetzen habe, um mich nach dem Kind umzusehen. Ich muss nach ihm schnuppern, nach ihm tasten. Ich muss die Feinfühligkeit des Augenblicks erlernen. Dann wird Gott mir schenken, seinen Sohn in den unmöglichsten Situationen zwischen Bergen von Dresdner Christstolle oder im Lärm des Bahnhofs Zoo oder in den Dunstwolken von Bratwurst und diversen Sorten Glühwein mit Schmalzstulle auf dem Weihnachtsmarkt am Alex zu erspüren. Vielleicht wird Jesus mir fröhlich zulächeln, wenn ich in dieses Dresdner Weihnachtsspezialgebäck beiße.

Wenn unsere Eltern uns in den längst vergangenen Kriegs- und Hungerjahren gefragt hätten, was wir uns zu Weihnachten wünschten, hätten wir liebend gerne sehr laut gesagt: Dresdner Stolle. Unsere Eltern würden uns ebenso gerne damit bis zum Geht-nicht-mehr gefüttert haben. Die Schwierigkeit lag nur darin, dass ein gewisser Hitler-Adolf gerade eben seinen Endsieg um einige Haaresbreiten verpasst hatte. So lag die Ursprungsstadt der Christstolle total in Trümmern.

Heute brauche ich mir diese Backware nicht mehr zu wünschen, es gibt sie tonnenweise. Die Dresdner Stolle hat Krieg und Sozialismus überstanden. Da sind wir bei dem Problem, was ich mir heutzutage zum Fest wünschen soll. Es gibt ja alles, sofern die Euros reichen, jedenfalls wenn es um das Materielle geht. Vielleicht wäre einer meiner nichtmateriellen Weihnachtswünsche, dass es in diesen Tagen ein wenig Stille gibt, um auf die Krippe zu schauen. Ein Weihnachtsfest mit dem Weihnachtslieder-sangeskräftigen Familienvorsteher

Peter und seiner klavierspielenden Gattin Tony kann ich mir nicht mehr wünschen. Die beiden feiern schon am himmlischen Originalort das Originalweihnachtsfest mit den Originalpersonen. Ob es da auch himmlische Dresdner Stolle gibt, konnte mir Kardinal Ratzinger vom Vatikan noch nicht mitteilen. Da müssen wir weitere Forschungsergebnisse kluger Theologieprofessoren abwarten. Im Himmel werden wir es mit Sicherheit erfahren, wenn es uns dann noch interessiert.

Bei uns am Niederrhein gab es keine Dresdner Christstolle. Das lag an den Weihnachtsgebräuchen, die im evangelischen Sachsen sehr viel anders sein können als am katholischen Niederrhein. Und es lag am schlimmen Krieg mit seinem Ersatzkaffee, Kunsthonig und Wurstersatzbrotaufstrich. Also ist meine Erinnerung an die heimatliche Weihnacht geprägt von den spezialedelstahlgehärteten Plätzchen, mit denen Mama und Papa den Baum behangen hatten. Papa brauchte viel Leiter zu halsbrecherischen Aktionen, weil er nach oben hin sehr klein war. Aber er liebte große Christbäume. Wenn die Spitze erst einmal ganz oben auf dem Baum war, konnte Mama den ärztlichen Unfallbereitschaftsdienst wieder abbestellen. Am zweiten Februar durften diese kriegsharten zementähnlichen Backwaren abgegessen werden, nachdem wir sie mit Hammer, Axt und Säge zu zerkleinern versucht hatten. Denn ein Zahnarzt für die ganze weihnachtsbetonplätzchengeschädigte Familie war von den paar Groschen des väterlichen Verdienstes nicht zu bezahlen.

Unsere Oma, in deren Haus wir als Untermieter meist friedvoll wohnten, hatte damals schon Brillengläser von der Dicke eines Einweckglasdeckels. Da sie kaum etwas sehen konnte, trat unsere Ahne aus Versehen auf die neuen Weihnachtsgeschenke. Das waren Spielzeugsoldaten, schön in Feldgrau mit Stahlhelm, Gewehr und Brotbeutel, liegend, stehend, laufend und schießend sowie fallend. Omas Fehltritte auf diese kriegerische Armee waren wohl ein Zeichen des Himmels. Spielzeugsoldaten und Waffen sind das perverseste Geschenk, das zum Fest der Geburt des Friedensfürsten unter dem Weihnachtsbaum liegen kann.

Das schrecklichste und verdrehteste Weihnachtslied ist jenes mit dem Text vom Weihnachtsmann, der morgen kommt. Sein Auftrag ist es laut den Worten des angeblichen Weihnachtsliedes, Trommel, Pfeifen und Gewehr, Fahn' und Säbel und noch mehr, ja ein ganzes Kriegesheer zu bringen. Wie kann man auf die verrückte Idee kommen, Friede sei mit Gewehr und Kriegsheer zu bringen? Offensichtlich ist das auch heute noch, in unserem angeblich so aufgeklärten und fortschrittlichen einundzwanzigsten Jahrhundert möglich. Der Unterschied besteht nur darin, dass es diesmal nicht mit Gewehr, sondern mit Raketen und B52 probiert wird. Es ist mir unerklärlich, wie man mit höchstperfektionierter Elektronik der Waffensysteme Länder und Völker befrieden will. Vielleicht wird es dann so etwas wie Frieden in einer Friedhofslandschaft. Wer sich zum Friedensbringer hochstilisiert, muss wissen, was er da tut.

Wer von sich aus entscheidet, dass alle friedlichen Mittel, die das Völkerrecht zur Verfügung hat, ausgeschöpft seien, nimmt eine große Verantwortung vor Gott, seinem Gewissen und der Geschichte auf sich. Man kann nicht einen Brand löschen, indem man Feuer anmacht. Ich weiß nicht, was sich der Dichter und Erfinder des Deutschlandliedes Hoffmann von Fallersleben im Jahre 1839 dabei gedacht hat, als er Weihnachten als Fest des göttlichen Friedens mit Trommeln, Pfeifen und Gewehr, Fahn' und Säbel und noch mehr aufrüstete. Schließlich war auch um 1848 ein General kein Friedensengel, ein Schießgewehr keine Hirtenflöte oder Friedensschalmei, eine Kanonenkugel kein Weihnachtsgebäck, ein Stahlhelm kein Brautkranz und ein Sarg keine Krippe. Niemand wird in weihnachtlicher Feststimmung behaupten können, eine brennende Ölquelle sei dasselbe wie ein friedliches Hirtenfeuer in Betlehem. Keiner soll sich wahnsinniger Weise einbilden wollen, man müsse alle Häuser zusammenschlagen, damit sie dem Stall von Betlehem ähnlich würden. Es ist wohl auch ein grandioses Missverständnis zu glauben, irgendein Volk könne einen göttlichen Hinweis erhalten haben, es solle ein anderes Volk mit Waffengewalt befreien.

Wir haben die geist-seelenlose Infamie dieses Liedes erst richtig begriffen, als es in unserem Haus keine Weihnachtsstolle mehr geben konnte. Nachdem sich der Qualm der Luftminen verzogen hatte, war nämlich kein Elternhaus mehr da, das um einen Familienweihnachtsbaum hätte herumstehen können. Es war auch keine Kirche mehr da, in der die Weihnachtsmesse hätte gefeiert werden können, und kein Bäckerladen, der Dresdner Weihnachtsstolle auf Lebensmittelkarte anbieten konnte. Den Ständer für den Weihnachtsbaum hatten wir aber damals merkwürdigerweise aus der Katastrophe gerettet. Er hat noch vielen Weihnachtsbäumen Standhaftigkeit verliehen, bis wir zum Einzug unserer Mutter in das Seniorenheim den Haushalt in alle Winde und Entsorgungsformen zerstreuen mussten.

Ich habe im Leben dann lernen müssen, dass vor der Weihnachtsstolle das Abenteuer des Einstielens diverser Weihnachtsbäume zu bewältigen ist. Das geht von den Mini-Ständern für Kleinwohnzimmerecken-Tannenbäumchen bis zu gewaltigen, von Zimmermännern gewerkelten Anlagen für Maximalweihnachtsbäume, die mit sechs und mehr kräftigen Männern in der Kirche emporgewuchtet werden müssen. Vor den Erfolg haben die Götter den Schweiß gestellt. Unser sanfter und fröhlicher Vater konnte beim Einstielen der Weihnachtstanne in Zustände geraten, die sehr an den Ausbruch des Vesuvs erinnerten. Beim Aufhängen des Lamettas war aber schon wieder himmelähnlicher Friede. Wenn ich den Baum aufstellte, litt oft nicht nur der Weihnachtsbaum an meiner Ungeschicklichkeit, sondern auch meine höchsteigene Hand. Sie war dann mit Weihnachtsbaumschrammen und Tannenbaumblessuren verziert wie der Baum selbst mit Kugeln und Sternen. Wie die Väter, so die Söhne. Dafür schmeckt das Dresdner Spezialgebäck dann um so besser, aber erst nachher, nicht vorher.

In unseren Tagen gibt es wieder Häuser und Weihnachtsbäume und Pappteller mit Süßigkeiten und Berge von Geschenken, die nach Weihnachten wieder umgetauscht werden können. Bleibt die Frage, ob wir wenigstens auch einen Hauch vom Betlehemsfrieden in unseren Weihnachtsstuben spüren. Mir hilft zu diesem Weihnachtsfrieden die Stunde, in der ich die Krippe aufbaue. Die besitzt inzwischen als Assistenzfiguren einen Fuchs mit einer gestohlenen Gans in der Schnauze, die er zur Krippe schleppt. Dazu kommt eine niedliche Maus, ein Schweinchen und ein wunderbares Kamel mit drei königlichen Weisen aus dem Morgenland. Dann finden sich ein Bündel Heu und vier Elefanten, die eigentlich nicht in den Stil der Altöttinger Krippe passen. Sie sind viel zu klein im Maßstab. Das macht nichts. Im Himmel werden wir feststellen, dass vieles auch in unseren Tagen und in unserem Land an der Krippe war, von dem wir als geübte Berufskatholiken nie gedacht haben, dass es dahin passt. In der Barockkirche von Neuzelle haben wir einmal aus Spaß an der Freude mit Puppenmöbeln eine ganze kleine Küche in die Krippe eingebaut. Die sah niedlich aus mit Töpfen und Gemüsekörben und Küchenmessern und kleinen Kohlköpfen. Der Küchenherd war aus Mauersteinen. Die Gottesmutter Maria muss doch schließlich irgendwo kochen können. Oder hat Josef gekocht? Wenn ja, hat er gut gekocht und vor allem: hatte er etwas zu kochen? Als unser menschenfreundlicher, aber etwas penibler zuständiger Ortspfarrer diese Krippeneinbauküche entdeckte, fand er, das sei doch wirklich zu albern und zu viel. Wir konnten diesem Schicksalsschlag nicht ausweichen und mussten zum Schaden von Maria und Josef die Krippenküche wieder demontieren, worauf die Kinder der Gemeinde protestierten, ehe sie wieder zu ihrer Dresdner Weihnachtsstolle zurückkehrten. Aber vorher sangen wir noch mit den Kindern das alte nachdenklich-staunende Weihnachtslied von dem Stall, in dem gar so kalt der Wind weht. Da heißt es dann: „O Kindelein, von Herzen dich will ich lieben sehr, in Freuden und in Schmerzen, je länger mehr und mehr." Das ist nun eine eigene Art von Gewissenserforschung vor der Krippe, die mir Magenschmerzen bereitet. Liebe ich das Christkind je länger mehr und mehr? Oder liebe ich es leider je länger weniger und weniger?

Am Ende dieser Weihnachtsstollenüberlegungen bleibt die Frage, was ich zum nächsten Christfest meinem Nächsten schenke. Ich

sollte die Krippe als Maß für meine Weih-
nachtsaktionen nehmen. Die ersten Geschenke an der Krippe waren unserem Informations-
stand nach Schafskäse und Ziegenmilch. Die
besseren Sachen wie Gold, Weihrauch und
Myrrhe kamen erst später, weil die Kamele
Verspätung hatten. Milch und Käse wurden also
zuerst gebracht, und zwar in der wunder-
samen Verpackung der Liebe. Schafskäse
und Ziegenmilch mit Liebe hört sich für einen
verwöhnten Mitteleuropäer nach sehr wenig
an. Aber es ist unvergleichlich mehr als ein
Mercedes für 75.300 Euro ohne Liebe.

Ein Stück Dresdner Christstolle mit Liebe ist
viel mehr als ein Wohnzimmerteppich aus
Verlegenheit geschenkt. Käse, Milch und Stolle
mit Liebe haben dazu noch einen unschätz-
baren Vorteil. Man braucht nach Weihnachten
mit ihnen keine Umtauschaktion zu starten.
Denn Liebe kann man nicht umtauschen. Man
muss es auch nicht.

WEIHNACHTEN MIT HOCHWÜRDEN KRÄUTERBEIN

Johannes Derksen

*W*eihnachten feierte Kaplan Kräuterbein fünfmal die heilige Messe, was fromme Seelen und noch strengere Liturgiker ihm natürlich wieder falsch auslegen werden.

Es verhielt sich so: Um Mitternacht assistierte er in der Pfarrkirche als Subdiakon. Pater Admirabilis aus dem 200 Kilometer entfernten Franziskanerkloster fungierte als Diakon und predigte an beiden Weihnachtstagen. Kräuterbein feierte seine eigenen drei heiligen Messen um vier Uhr, sechs Uhr und acht Uhr auf den Außenstationen und musste um zehn Uhr im Hochamt am Pfarrort nochmals levitieren.

Als er fromm subdiakonierte, schaute er auf seine gefalteten Finger, deren Nägel trotz Waschen und Bürsten nicht sauber geworden waren.

Der kleine Krippenstall in der Kirche hatte ihn schon im vergangenen Jahr geärgert. Deshalb hatte er mit seinen Jungen im Pfarrkeller einen großen Stall gebaut und die Jungen gebeten, Moos zu besorgen.

»Ja, ja, nu, nu!« war ihre Rede.

»Nein, nein« war ihre Tat.

Es begann zu schneien. Herrliches Weihnachtswetter, aber zum Moosholen zu spät. So färbte er in einer alten Waschbütte Holzwolle grün für die gipsernen Schafe auf Betlehems Fluren. Er färbte aber nicht mit Gummihandschuhen, sondern mit Kräuterbeinschen Händen, Handschuhgröße 14. Im feierlichen Amt bezeugten es seine Fingernägel. Nur gut, dass sie bald vom großen Velum, unter dem er die Patene hielt, bedeckt wurden. Der neue Krippenstall wurde von der Gemeinde bewundert, nur der Hilfsküster Piesecke fand den früheren schöner.

Die Jungen renommierten:

»Hamm mr selber gebaut!«

»Und mich mit dem Moos sitzenlassen, Rasselbande!«

Da aber zu Weihnachten Friede auf Erden sein soll, machte Kräuterbein keinen Krach, er fuhr sogar mit den Haupthelfern am Nachmittag ins Landheim; denn schießlich sind fünf heilige Messen innerhalb von zwölf Stunden ein bisschen viel Religion auf einmal. Hinzu kam noch das lange Breviergebet. Es war schönstes Weihnachtswetter, bis auf die 30 Grad Kälte. Die motorisierte Kiste ächzte und stöhnte die 14

Kilometer bergauf und bergab durch alle Schneewehen.

Im Landheim schmeckten der Kaffee und die verschiedenartigen Stollen noch einmal so gut, als Beigabe Spekulatius von Mutter Kräuterbein.

Sie machten Schneeballschlachten, lachten, sangen und erzählten bis abends zehn Uhr. Dann wollten sie heimfahren.

Nach den vielen geistlichen Anstrengungen war es kein Wunder, dass der Kaplan vergessen hatte, das Kühlwasser abzulassen. Das wenige, noch nicht gefrorene Wasser kochte nach dem ersten Kilometer. Wie eine Lokomotive fauchte der »Mercedes«.

Es waren keine frommen weihnachtlichen Gespräche, die Kräuterbein jetzt mit sich selbst führte.

Der Dampf legte sich auf die Windschutzscheibe und gefror.

»Aussteigen und schieben!«

Die Jungen machten ein dämliches Gesicht, noch dämlicher als die Gipsschafe auf Betlehems Fluren, auf Kräuterbeins grüner Holzwolle. Der eisige Wind pfiff durch alle Kleider.

»Als Buße, weil ihr kein Moos geholt habt!«

Kräuterbein wollte sich ans Steuer setzten, da meuterten aber seine Jungen. Also schob er mit der Linken und steurte mit der Rechten.

»Hoffentlich hält die Batterie!«

Bergab setzte er sich ans Steuer und die Jungen schoben im Dauerlauf. Die Straße wurde enger. Rechts und links große Schneedämme. An der engsten Stelle, wo nur ein einziges Fahrzeug Platz hatte, saß ein entgegenkommendes Auto fest.

»Fröhliche Weihnachten!«, begrüßte Kräuterbein das hilflose Ehepaar. Nach kurzem Überlegen wusste er Rat:

»Los, Jungen, mit Händen und Stiefeln frei machen. Wir haben sogar eine Kohlenschaufel im Wagen.«

Es war schon knechtliche Arbeit am hochheiligen Weihnachtsfest, aber sie arbeiteten sich warm und schafften es.

»Sie sind es ja gewohnt«, meinte die Ehefrau lächelnd, als ihr Wagen glücklich an Kräuterbeins Luxuslimousine vorbeigeschoben war. Der hochwürdige Herr Kaplan sah nämlich wie ein Autoschlosser aus.

»Das geht alles vom Fegefeuer ab«, tröstete er die Jungen, und sie schoben weiter.

Um 2 Uhr in der Nacht waren sie endlich vor dem Pfarrhaus. Fräulein Grollinski hatte gewartet. Nun kochte sie eimerweise Wasser, das Kräuterbein über den Motor und über den

Kühler goss; denn er musste am zweiten Feiertag wieder auf die Dörfer fahren können.

Drei Stunden Schlaf waren für den Kaplan entschieden zu wenig. Fräulein Grollinski musste kräftig an seine Schlafzimmertür trommeln, damit er wach wurde.

Nüchtern setzte sich Kräuterbein ans Steuer, aber es war ihm zumute, als hätte er gestern zu tief ins Glas geguckt. Die siebenundzwanzig und dreiunddreißig Kirchenbesucher in den beiden Gasthöfen merkten ihm die Erschöpfung nicht an. Sie schenkten ihm sogar zehn Mark für Benzin, weil er so schön gepredigt hatte. Weihnachten war geschafft.

»Holder Knabe im lockigen Haar,
schlaf in himmlischer Ruh«
tönte es aus dem Radio, als Kräuterbein den verdienten Schlaf nachholte. Im Traum schob er sein Auto durch zehn Meter hohe Schneeberge.

WIE OCHS UND ESEL
AN DIE KRIPPE KAMEN
Karl Heinrich Waggerl

*A*ls Josef mit Maria auf dem Weg nach Betlehem war, rief ein Engel die Tiere heimlich zusammen, um einige auszuwählen, der Heiligen Familie im Stalle zu helfen. Als erster meldete sich natürlich der Löwe: »Nur ein König ist würdig, dem Herrn der Welt zu dienen«, brüllte er, »ich werde jeden zerreißen, der dem Kind zu nahe kommt!«

»Du bist mir zu grimmig«, sagte der Engel. Darauf schlich sich der Fuchs näher. Mit unschuldiger Miene meinte er: »Ich werde sie gut versorgen. Für das Gotteskind besorge ich den süßesten Honig, und für die Wöchnerin stehle ich jeden Morgen ein Huhn!«

»Du bist mir zu verschlagen«, sagte der Engel. Da stelzte der Pfau heran. Rauschend entfaltete er sein Rad und glänzte in seinem Gefieder. »Ich will den armseligen Schafstall köstlicher schmücken als Salomon seinen Tempel!« »Du bist mir zu eitel«, sagte der Engel. Es kamen noch viele und priesen ihre Künste an. Vergeblich. Zuletzt blickte der strenge Engel noch einmal suchend um sich und sah Ochs und Esel draußen auf dem Felde dem Bauern dienen. Der Engel rief auch sie heran: »Was habt ihr anzubieten?« »Nichts«, sagte der Esel und klappte traurig die Ohren herunter, »wir haben nichts gelernt außer Demut und Geduld. Denn alles andere hat uns immer noch mehr Prügel eingebracht!« Und der Ochse warf schüchtern ein: »Aber vielleicht könnten wir dann und wann mit unseren Schwänzen die Fliegen verscheuchen!« Da sagte der Engel: »Ihr seid die richtigen!«

DIE BESCHERUNG
Hanns Dieter Hüsch

*D*ass mir keiner ins Schlafzimmer kommt! Alle Jahre wieder ertönt dieser obligatorische Imperativ aus dem Munde meiner Frieda, wenn es darum geht, am Heiligen Abend Pakete und Päckchen in geschmackvolles Weihnachtspapier zu schlagen, wenn es darum geht, den Rest der Familie in Schach zu halten, damit auch ja keiner einen voreiligen Blick auf die Geschenke werfen kann.

Ich dagegen habe es etwas einfacher: Ich schmücke den Baum! Punkt 17.00 Uhr begebe ich mich auf die Veranda und hole den schönen Baum herein.

Es ist wirklich ein schöner Baum, sagt die Frieda.

Doch, sage ich, der Baum ist schön.

Dann kommt die kleinere Frieda auch noch und sagt, dass der Baum schön ist.

Und nachdem wir alle noch ein paarmal um den schönen Baum herumgegangen sind, sagt die Frieda: Mein Gott! Es ist ja schon halb sechs!

Und damit beginnt offiziell in allen Familien, die sich bei diesem Fest noch bürgerlicher Geheimnistuerei bedienen, der nervöse Teil der Bescherung.

Deshalb stecke ich mir vorbeugend – einmal im Jahr – zunächst mal eine Zigarre an und überlege in aller Ruhe, welche formalen Prinzipien ich dieses Mal zur Ausschmückung des schönen Baumes anwende.

Habe ich dann den Baum nach einigen Schnitzereien mit einem Sägemesser glücklich in den Christbaumständer gezwängt, weiß ich auch schon, wie ich's mache:

Dieses Mal werde ich endlich dem Prinzip huldigen: Je schlichter, desto vornehmer! Zwei, drei Kugeln, vier bis fünf Kerzen, hie und da einen Silberfaden, aus! Schließlich ist das ja ein Baum und keine Hollywoodschaukel.

Das soll natürlich nicht heißen, dass wir nicht genug Kugeln und Kerzen, Lametta und Engelshaar, Glöckchen und Trompetchen hätten. Im Gegenteil. Ich könnte damit drei Bäume, Pardon, drei schöne Bäume schmücken.

Und schon erhebt sich die Frage: Nur bunte Kugeln oder nur silberne? Nur weiße Kerzen oder nur rote? Engelshaar oder kein Engelshaar? Ja, was sollen meine intellektuellen Freunde denken, wenn die am 2. Feiertag zu

Besuch kommen und sehen dann meinen Mischmasch aus Sentimentalität und Kunstgewerbe. In diese meine präzisen ästhetischen Überlegungen hinein platzt die Frieda mit dem Ruf: Wie weit bist du? Um sechs ist Bescherung!

Das schaffe ich nicht, rufe ich zurück, ich kann ja den Baum nicht übers Knie brechen.

Wir haben zu Hause, sagt die Frieda, immer um sechs Uhr die Bescherung gehabt.

Wir haben die Bescherung, sage ich, immer um halb acht gehabt.

Wir haben sie um sechs gehabt, sagt die Frieda.

Um sechs Uhr schon Bescherung, sage ich, warum dann nicht schon gleich um vier oder im Oktober. Wir haben die Bescherung immer um halb acht gehabt, manche Leute haben ja die Bescherung erst am anderen Morgen.

Und wann sollen wir essen, fragt die Frieda.

Nach der Bescherung, sage ich.

Also um 9.00 Uhr, sagt die Frieda, bis dahin sind wir ja verhungert. Wer hat übrigens das Marzipan gegessen, das hier auf der Truhe lag? Ich nicht, ruft die kleinere Frieda, aus der Küche.

Also, sagt die Frieda, also, wenn du jetzt nicht den Baum in einer Viertelstunde fertig hast, dann könnt ihr euch eure Bescherung sonstwo hinstecken!

Vielleicht fängt schon mal einer an zu singen, sage ich, desto leichter geht mir der Baum von der Hand. Und alle ästhetischen Überlegungen nun über den Haufen werfend, überschütte ich den schönen Baum mit allem, was wir haben, so dass man schließlich vor lauter Glanz und Gloria keinen Baum mehr sieht, und die Frieda kommt herein und sagt: Nun hast du's ja doch wieder so gemacht wie im vorigen Jahr, das nächste Mal schmücke ich den Baum!

Ja, sage ich, wenn ihr mir keine Zeit lasst, dann kann natürlich kein Kunstwerk entstehen.

Nun steh hier mal nicht im Weg, sagt die Frieda, geh jetzt mal raus, ich muss nämlich jetzt hier die Geschenke packen und aufbauen!

Ja, wo soll ich denn hingehen, frage ich, darf ich vielleicht ins Wohnzimmer?

Nein, ruft da meine Schwägerin, die inzwischen eingetrudelt ist, dass mir keiner ins Wohnzimmer kommt, ich bin noch nicht fertig. Und in die Küche darf ich auch nicht, da bastelt nämlich die kleinere Frieda noch an diesen entzückenden Kringelschleifchen für jedes Päckchen herum.

Die Frieda kommt aus dem Christbaumzimmer und sagt: Augen zu! Ich halte mir die Augen zu und sage: Ins Bad nur über meine Leiche, da hab ich nämlich meine Geschenke versteckt!

Und so geht das die ganze nächste halbe Stunde: Dreh dich mal um, guck nur nicht unter den Teppich, wer hat den Schlüssel vom Kleiderschrank, ich brauche noch geschmackvolles Weihnachtspapier, der Klebestreifen ist alle, willst du wohl von der Tür da weggehen, such lieber mal die Streichhölzer, meine Mutter hat das alles alleine gemacht, das ist gemein, du hast geguckt, die paar Minuten wirste wohl noch warten können.

Bis es dann endlich soweit ist, aber selbst dann kommt bei uns keine Ordnung zustande, dann heißt es nämlich: Wer packt zuerst aus? Du! Nein, ich nicht, zuerst das Kind, dann du. Nein, du dann. Wieso ich? Also, dann du und dann ich. Ich zuletzt, bitte.

Nun werden Sie vielleicht fragen, mit Recht fragen:

Wird denn bei Ihnen gar nicht gesungen, wird denn bei Ihnen nur eingepackt und ausgepackt?

Doch, doch natürlich eine Strophe wird schon gesungen, aber dann fällt das Singen meist auseinander. Aber, wissen Sie, beim Einpacken und Auspacken, da sind wir alle so nervös und verlegen, dabei merkt man die Liebe und den

Frieden und den Menschen ein Wohlgefallen viel stärker als beim Singen. Und auch der Baum, der kann dann sein, wie er will, groß oder klein, dürr oder dicht, bunt oder schlicht, die Frieda sagt dann jedesmal – auch dieses Mal wieder –: Also, der Baum, ... also, der Baum ... der Baum ist wunderschön!!!

Predigt des ehrwürdigen Pfarrers Junghans aus dem Jahre 1644

Weil es die Gänse in der lieben Weihnachtszeit gar übel haben, wollen wir unsere Weihnachtsgans betrachten: erstens im Leben, zweitens im Tode.

Wir werden sehen, was wir an ihr christlich lernen können, was Gott uns an derselben zu studieren gegeben hat. Was also das Leben der Gans anlangt, so haben wir zu lernen: Erstens ihre Tugenden. Unter diesen steht die Geselligkeit an erster Stelle. Gänse halten nicht allein zusammen und lieben also die Gesellschaft, sondern sie halten sich auch gern zu den Menschen. Das soll uns zu Gemüte führen, dass wir uns auch zu unseresgleichen und zu Besseren, denn wir selbst sind, halten sollen. Die Gänse gesellen sich aber nicht zu Adler, Geier, Habicht und dergleichen Raubvögeln; also sollen wir uns zu frommen Herzen gesellen, nicht aber zu gottloser Gesellschaft uns halten. Denn es heißt: Bei den Frommen bist du fromm, bei den Reinen bist du rein, aber bei den Verkehrten bist du verkehrt.

An zweiter Stelle steht unter den Tugenden der Gans: die Reinlichkeit. Eine Gans ist gern an reinen Orten und badet sich oft im Wasser. Darum befleißigt euch der Reinlichkeit und trachtet danach, dass ihr sowohl am Leibe als auch im Gemüt rein seid. Vor allem wisset aber, ihr Frauen und Mädchen, dass euer vornehmster Schmuck und euer zierlichstes Kleid Scham und Zucht ist, aber nicht Gold und Perlen oder köstliches Gewand oder silberne und goldene Zöpfe, die heutigen Tages bei den Modedamen so beliebt sind.

An dritter Stelle steht unter den Tugenden der Gans nun die Wachsamkeit. Weil die Gänse so sehr hitzig sind, so schlafen sie wenig und wachen schnell beim kleinsten Geräusche auf. Solches soll uns eine feine Aufmunterung sein zur Wachsamkeit, einem jeden in seinem Amte, Stande und Beruf. Im geistlichen Stande soll keiner des großen Gottes Worte vergessen: »Du Menschenkind, ich habe dich zum Wächter gesetzt«, da soll keiner ein stummer Hund sein, sondern getrost rufen und seine Kirchenkinder aus dem Sündenschlaf aufrütteln. Im weltlichen Regierungsstand aber soll jeder für seine Untertanen wachen und sie vor aller Gefahr behüten.

An vierter Stelle steht unter den Tugenden der Gans: die Schamhaftigkeit. Manchem, der sich

Christ nennt, sollte es die Schamröte ins Gesicht jagen, dass er in dieser Tugend von einem Vogel übertroffen wird; denn was für unverschämte Worte, ja Taten werden oft im Beisein kleiner Kinder, vor züchtigen Ohren und Augen geredet und vorgenommen? Will doch Scheu und Scham fast verlöschen.

An fünfter Stelle endlich steht unter den Tugenden der Gans: eine natürliche Verschlagenheit, welche sonderlich an den wilden Gänsen wahrzunehmen ist und die sich in vorsichtigem Stillschweigen bei Gefahr offenbart. Wollte Gott, mancher Mensch wäre so klug, dass er sich ein Schloss an seinen Mund legte und ein fest Siegel auf seinen Mund drückte. Die natürliche Verschlagenheit der Gans aber zeigt sich auch in kluger Mäßigung und Enthaltung von Speisen, die der Gänsenatur zuwider sind. Die hitzigen Lorbeerblätter rühren die Gänse zum Beispiel nicht an, und sollten sie Hungers sterben. Sie sind also auch in dieser Hinsicht klüger als manche Menschen, die maßlos viel Essen und Trinken in sich hineinschütten.

Nachdem wir also die Tugenden der Gans kennen gelernt haben, wollen wir uns sodann ihre Laster vergegenwärtigen.

Dazu gehört zunächst die Schwatzhaftigkeit; denn des Schnatterns und Datterns ist ziemlich viel bei den Gänsen. Wir sagen daher wohl auch von einem Schwatzmaul: du schnatternde Gans. Solch Laster aber steht dem Menschen übel; nur Narren haben allen Vorrat im Munde. Als zweites Laster der Gans sei das viele Trinken genannt. So närrisch sind die Gänse, dass sie, wenn sie andere trinken sehen, sofort mittrinken, wenngleich sie auch gar keinen Durst haben. Dies Laster haben nun in heutiger Zeit viele von den Gänsen gelernt, also, dass sie einander zu Gefallen saufen, auch wenn sie nicht dürstet ... Die Trunkenheit aber macht einen Narren noch toller, so dass er trotzt und ochst, bis er wohl gebläut, geschlagen und verwundet wird.

Als drittes Gänselaster haben wir uns die Gefräßigkeit zu vergegenwärtigen; denn wegen des vielen Fressens werden die Leiber der Gänse derart beschwert, dass sie sich nicht mehr wie andere Vögel von der Erde erheben können. Also sind auch die Fresser, Völler und Dummen, sie füllen sich derart mit irdischen Dingen an, dass sie ihr Gemüt niemals zum Himmel schwingen können. Seht, so haben wir an einer Gans, solange sie lebt, zu lernen; doch nun lasset uns sie auch noch nach ihrem Tode betrachten.

Wie wir wissen, geben die Gänse von Martini ab einen guten Braten. Verständige Köchinnen wissen ihm einen lieblichen Geschmack zu geben und füllen ihn mit guten Äpfeln und Beifuß. Ferner liefert uns die tote Gans die Federn für unsere Betten. Was aber gibt es Besseres als ein gutes weiches Federbett, wenn man abends müdegearbeitet und abgeeselt ist? Sanfte Ruh gönnt uns Gott, und darum hat er uns auch die Nacht zum Schlafen gemacht.

Sodann gewinnt man von der toten Gans gar mancherlei Arzneien. Die mitternächtigen Völker mischen, wie Claus Magnus in lib. 39, cap. 6 schreibt, Gänsefett mit Butter und benutzen dies Gemisch zum Blutstillen oder zur Heilung von Geschwüren und Ausschlag. Gegen das Schwären der Ohren wenden sie es an. Tun sie noch Honig zu ihrem Gemisch, so sollen sie damit den Biss eines wütigen Hundes heilen. Die Schreibfedern, die so manchen zu hohen Ehren gebracht haben, verdanken wir ebenfalls der toten Gans. Marcus Tullius Cicero und Terentius Varro waren nur von unbedeutendem Geschlecht, und doch sind sie durch ihre Schreibfedern Bürgermeister von Rom geworden. Martini Lutheri Schreibfeder reichte von Wittenberg bis Rom, und auch sie war von einer Gans genommen. Eine Gänsefeder kann viel zustande bringen; darum heißt es auch im Rätselreim von ihr:

»Weil ich leb', so schweige ich; bin ich tot, so kann ich nicht. Wenn man meinen Kopf schneid' ab, zugespitzt den Hals mir hat, da fang ich zu schreien an, dass alle Welt mich hören kann. Ohne mich kann kein König regieren, zu hoher Ehr tu manch' Armen ich führen.«

Weil ihr nunmehr die Gans gründlich im Leben und im Tode habt kennen gelernt, so befleißigt euch, daraus den nötigen Nutzen zu ziehen. Dann wird die duftende, braungebratene Weihnachtsgans euch noch einmal so gut munden und bekommen.

DER STÖRRISCHE ESEL
UND DIE SÜSSE DISTEL
Karl Heinrich Waggerl

Als der heilige Josef im Traum erfuhr, dass er mit seiner Familie vor der Bosheit des Herodes fliehen müsse, in dieser bösen Stunde weckte der Engel auch den Esel im Stall.

»Steh auf!«, sagte er von oben herab, »du darfst die Jungfrau Maria mit dem Herrn nach Ägypten tragen.« Dem Esel gefiel das gar nicht. Er war kein sehr frommer Esel, sondern eher ein wenig störrisch im Gemüt. »Kannst du das nicht selbst besorgen?«, fragte er verdrossen. »Du hast doch Flügel, und ich muss alles auf meinem Buckel schleppen! Warum denn gleich nach Ägypten, so himmelweit!«

»Sicher ist sicher!«, sagte der Engel, und das war einer von den Sprüchen, die selbst einem Esel einleuchten müssen.

Als er nun aus dem Stall trottete und zu sehen bekam, welch eine Fracht der heilige Josef für ihn zusammengetragen hatte, das Bettzeug für die Wöchnerin und einen Pack Windeln für das Kind, das Kistchen mit dem Gold der Könige und zwei Säckchen Weihrauch und Myrrhe, einen Laib Käse und eine Stange Rauchfleisch von den Hirten, den Wasserschlauch und schließlich Maria selbst mit dem Knaben, auch beide wohlgenährt, da fing er gleich wieder an, vor sich hinzumaulen. Es verstand ihn ja niemand außer dem Jesuskind.

»Immer dasselbe«, sagte er, »bei solchen Bettelleuten! Mit nichts sind sie hergekommen, und schon haben sie eine Fuhre für zwei Paar Ochsen beisammen. Ich bin doch kein Heuwagen«, sagte der Esel, und so sah er auch wirklich aus, als ihn Josef am Halfter nahm, es waren kaum noch die Hufe zu sehen. Der Esel wölbte den Rücken, um die Last zurechtzuschieben, und dann wagte er einen Schritt, vorsichtig, weil er dachte, dass der Turm über ihm zusammenbrechen müsse, sobald er einen Fuß voransetzte. Aber seltsam, plötzlich fühlte er sich wunderbar leicht auf den Beinen, als ob er selbst getragen würde, er tänzelte geradezu über Stock und Stein in der Finsternis. Nicht lange, und es ärgerte ihn auch das wieder. »Will man mir einen Spott antun?«, brummte er. »Bin ich etwa nicht der einzige Esel in Betlehem, der vier Gerstensäcke auf einmal tragen kann?« In seinem Zorn stemmte er plötzlich die Beine in den Sand und ging keinen Schritt mehr von der Stelle.

»Wenn er mich jetzt auch noch schlägt«, dachte der Esel erbittert, »dann hat er seinen Kram im Graben liegen!«

Allein, Josef schlug ihn nicht. Er griff unter das Bettzeug und suchte nach den Ohren des Esels, um ihn dazwischen zu kraulen. »Lauf noch ein wenig«, sagte der heilige Josef sanft, »wir rasten bald!«

Daraufhin seufzte der Esel und setzte sich wieder in Trab. »So einer ist nun ein großer Heiliger«, dachte der, »und weiß nicht einmal, wie man einen Esel antreibt!«

Mittlerweile war es Tag geworden, und die Sonne brannte heiß. Josef fand ein Gesträuch, das dürr und dornig in der Wüste stand, in seinem dürftigen Schatten wollte er Maria ruhen lassen. Er lud ab und schlug Feuer, um eine Suppe zu kochen, der Esel sah es voller Misstrauen. Er wartete auf sein eigenes Futter, aber nur, damit er es verschmähen konnte. »Eher fresse ich meinen Schwanz«, murmelte er, »als staubiges Heu!«

Es gab jedoch gar kein Heu, noch nicht einmal ein Maul voll Stroh, der heilige Josef in seiner Sorge um Weib und Kind hatte es rein vergessen.

Sofort fiel den Esel ein unbändiger Hunger an. Er ließ seine Eingeweide so laut knurren, dass

Josef entsetzt um sich blickte, weil er meinte, ein Löwe säße im Busch.

Inzwischen war auch die Suppe gar geworden, und alle aßen davon, Maria aß, und Josef löffelte den Rest hinunter, und auch das Kind trank an der Brust seiner Mutter, und nur der Esel stand da und hatte kein einziges Hälmchen zu kauen. Es wuchs da überhaupt nichts, nur etliche Disteln im Geröll.

»Gnädiger Herr!«, sagte der Esel erbost und richtete eine lange Rede an das Jesuskind, eine Eselrede zwar, aber ausgekocht, scharfsinnig und ungemein deutlich in allem, worüber die leidende Kreatur vor Gott zu klagen hat. »I-A«, schrie er am Schluss, das heißt: »So wahr ich ein Esel bin!« Das Kind hörte alles aufmerksam an. Als der Esel fertig war, beugte es sich herab und brach einen Distelstengel, den bot es ihm an.

»Gut!«, sagte er, bis ins Innerste beleidigt. »So fresse ich eben eine Distel! Aber in deiner Weisheit wirst du voraussehen, was dann geschieht. Die Stacheln werden mir den Bauch zerstechen, so dass ich sterben muss, und dann seht zu, wie ihr nach Ägypten kommt!« Wütend biss er in das harte Kraut, und sogleich blieb ihm das Maul offen stehen. Denn die Distel schmeckte durchaus nicht, wie er es erwartet hatte, sondern nach süßestem Honigklee, nach würzigstem Gemüse. Niemand kann sich etwas derart Köstliches vorstellen, er wäre denn ein Esel. Für diesmal vergaß der Graue seinen ganzen Groll. Er legte seine langen Ohren andächtig über sich zusammen, was bei einem Esel so viel bedeutet, wie wenn unsereins die Hände faltet.

Quellennachweis

Johannes Derksen »Weihnachten mit Hochwürden Kräuterbein«, aus: ders., »Hochwürden Kräuterbein«, © St. Benno Verlag, Leipzig 1979

Hanns Dieter Hüsch »Die Bescherung«, aus: ders., Du kommst auch drin vor, © 1990 by Kindler Verlag GmbH, München

Erich Kästner »Kleiner Kursus in Weihnachtssprüchen« und »Interview mit dem Weihnachtsmann«, aus: ders., Interview mit dem Weihnachtsmann, © Carl Hanser Verlag München Wien und Thomas Kästner

Erwin Strittmatter »Der Weihnachtsmann in der Lumpenkiste«, aus: ders., 3/4 hundert Kleingeschichten, © Aufbau Verlag GmbH Berlin, 2001

Karl Heinrich Waggerl »Der störrische Esel und die süße Distel«, aus: ders., Und es begab sich ..., © Otto Müller Verlag, Salzburg 2000, 50. Auflage

Karl Heinrich Waggerl „Wie Ochs und Esel an die Krippe kamen", aus: ders., Das ist die stillste Zeit im Jahr, © Otto Müller Verlag Salzburg 1995, 7. Auflage

Klaus Weyers »Original Dresdner Christstolle«, aus: ders., Zwischen Kanzel, Kochbuch und Computer, © St. Benno Verlag, Leipzig 2003

Helmut Wöllenstein „Märchen vom Auszug aller Ausländer«, © Helmut Wöllenstein